Arce

Lori Nichols

 Picarona

Para Harper, Zoe y Bella

Puede consultar nuestro catálogo en www.edicionesobelisco.com / www.picarona.net

ARCE
Texto e ilustraciones de *Lori Nichols*

1.ª edición: mayo de 2015

Título original: *Maple*

Traducción: *Joana Delgado*
Maquetación: *Montse Martín*
Corrección: *M.ª Ángeles Olivera*

Edita: Picarona, sello infantil de Ediciones Obelisco, S. L.
Pere IV, 78 (Edif. Pedro IV) 3.ª planta, 5.ª puerta
08005 Barcelona - España
Tel. 93 309 85 25 - Fax 93 309 85 23
E-mail: picarona@picarona.net

ISBN: 978-84-16117-25-3
Depósito Legal: B-24.891-2014

Printed in India

A Arce le encantaba su nombre.

Cuando ella era tan sólo un susurro,
sus padres plantaron un arbolito en su honor.

Y aunque
Flavia,
Emilia, Joana,
Lena,
Liliana
y Constance
eran buenos nombres...

Arce fue el más apropiado.

Y mientras Arce crecía...

también lo hacía su árbol.

A veces, cuando Arce hacía mucho ruido
(lo que sucedía muy a menudo)
sus papás la mandaban a que jugara fuera.
A su árbol no le importaba que ella gritara.

Arce podía cantarle a su árbol...

bailar para él...

¡E incluso a veces hacer como si ella también fuera un árbol!

Algunos días, cuando había una bonita brisa,
Arce se sentaba debajo de su árbol
y sus hojas bailaban para ella.

Pero un día, Arce se dio cuenta de que su árbol
se estaba quedando desnudo.
Le preocupaba que se hubiera resfriado.

Así que Arce se quitó la chaqueta…

y se la dio al árbol
para que estuviera calentito.

A veces Arce deseaba tener a alguien más con quien jugar. (El árbol no era demasiado bueno lanzando bolas de nieve).

Se preguntaba si el árbol sentía lo mismo que ella.

Así fue como Arce le presentó
su árbol a un amigo.

Aquella amistad duró poco.

Pero Arce y su árbol se tenían el uno al otro.

¡Durante todo el invierno... y la primavera!

Entonces, un buen día,
sucedió algo sorprendente.

Pasó algo
realmente curioso.

Arce se convirtió en la hermana mayor.

Arce intentaba ser una buena hermana.

Si su hermanita tenía frío,
Arce le prestaba su gorro
y sus guantes.

Si ella estaba sola,
Arce compartía con ella sus amigos preferidos.

Pero no siempre Arce conseguía
que el bebé estuviera contento.

Y cuando la pequeña hacía mucho ruido
(lo que sucedía muy a menudo),
Arce la llevaba a jugar fuera.

Y un día, sucedió algo mágico…

El árbol de Arce se puso a bailar
para ellas dos…

**Bajo el árbol había sitio suficiente
para Arce y su hermanita… Sauce.**